SV

Volker Braun

# HANDBIBLIOTHEK DER UNBEHAUSTEN

Neue Gedichte

Suhrkamp

Erste Auflage 2016

Druck und Bindung: Pustet, Regensburg
Printed in Germany

ISBN 978-3-518-42543-5

# Dämon

## BESTIMMUNG

Ja, mein Sehnen geht ins Ferne
Wo ich heitre Dinge treibe.
Doch bestimmen mich die Sterne
Daß ich fest am Boden bleibe.
Und so gern ich mich erhebe
Zieht mich eine Last nach unten
Eingenäht in mein Gewebe
Hat sie ihren Ort gefunden.

## DIE BEFUNDE

Abgemagert mein Leib, er weiß mir den Grund nicht
zu sagen
Hart ragt das Sternum heraus, unten am Brustbein
der Rist.
Wie sich ein weicher Busen daran befestigen könnte
Der mein Blut beschleunt; fest wie für ewig vertäut.
Und die Seele, auch sie, fühlt sich wie vom Fleisch
gefallen
Zwangsernährt von dem Schrott. Bring ich sie durch
und womit.
Schon ein liebliches Bild, sie weiß es, würde sie laben
Ruhig vor sie gestellt; sättigen mit einem Blick.

## DER ÜBERFLUSS

Glutender Sommer. Die Äste brechen von Äpfeln
In jedem Kriebsch sitzt der Wurm und wird vom Wege
gekickt.
So der Weltfuß geht am Morgen über die Wiesen
Und dein Leben und Leib wird in die Büsche versenkt.
Wo ist dein Ziel? Kein Ziel. Dann sage den Grund mir.
Ich versinke darin. Er ist wie Schlamm mir im Mund.

## VERLEGUNG EINES MITTLEREN REICHS

*Nach Fritz Rudolf Fries*

Am Morgen ist das Licht wie gelbe Butter
Tropenhitze um halb acht, das Hemde
Naß klebt am nassen Leib, aha:
Der Klimawandel. Vor der Türe
Das Gras hüfthoch, der Lattich mannshoch
An den Chausseen Eukalyptusbäume.
Der Regionalverkehr verläuft im Farn.
Wir blicken noch mit runden Augen in
Den Niederbarnim: Reis und Auberginen.
Ein grüngelacktes Grün bepißt
Von Flachgesichtern, genial an Zahl.
Es war hier eine Menschheit eingesickert
Und macht sich zu schaffen in den Vorgärten
Hyäzinthenfelder! In unsrer Kleinanlage
Platz für Massen, ihre Massen-Ware
Liegt längst in den Läden, *faulige Eier*.
Wir waren gar nicht auf die Welt gefaßt.
In meiner Laube in der Mittagsschwüle
Deutet mir ein Dutzend Mann den Erdkreis
Nämlich ganze Völker, Staaten sterben
Wenn sie nichts Unerfülltes in sich fühlen
Erwartungslos Europa, Resterampe
Eurasiens. Am Nachmittag, das Wetter-
Glas kocht, General Li-weng
Marschiert in Malchow ein, verspüren
Wir einmal noch was wie die alte Logik.

Der Mann *im Turm gefangen* unbeweglich
Inoffizieller Informant: Beschreiber
Seiner Befreier also war er selber
Der arme Fritz auf seinem Wickeltisch
Sieht nun nah und Fernsehn alles eins.
Man glaubt nichts mehr und isset mit den Stäben

## DAS WÜNSCHT ICH MIR: DAS BRETTERHAUS AM TEICH

Am Ufer Schilf, Gewisper aus vier Winden.
Ein Pfad von nackten Sohlen eingemuldet.
Rollbilder an der Wand. Die alten Schriften.
Die Luft ziehnd mit den Zehen, stillesitzend
Auf meiner Matte trink ich deinen Tee
Die Kinder tuschen Zeichen in der Weltsprache.
Das Jahr der Wandlungen hat erst begonnen.

## BEIJINGNAN RAILWAY STATION, DER ABSTIEG

Zum Taxi mit der Rolltreppe in die siedende Tiefe
Mit den Verdammten gesotten im Abgas, kein
Entkommen aus dem Laufstall *das ist dein Ende*
Bei der Atemkontrolle im 2. Dunstkreis der Hölle

Draußen der Himmel beräumt vor der Großen Parade
Fabriken im Ausstand Schönwetter erzeugend
Fabelarbeiter & Wanderwesen im Halbschlaf, und nur
Die Halbzahl darf den Meridian überfahren, Drachen
Schweben wie Riesenspermien in den Kunmingsee

# BEIM WIEDERBETRETEN DER ZICKZACKBRÜCKE

一

Hier stand ich lächelnd wartend auf die Wende.
Gewiß, sie kam. Das Warten nimmt kein Ende.
Neun Biegungen, zunächst, sind einzuplanen
Die bösen Geister sitzen auf den Kranen.

二

Im Teehaus sitz ich, blickend in die Menge.
Der Zugang kurvenreich: und das Gedränge!
Der Wahre Weg, ihr geht ihn, Söhne Maos.
Die große Ordnung und das große Chaos.

## CHIMERIKA

一

Das sagt die Regel: führe deinen Kampf
Als wär er kein Kampf. Bleibe weich und schmiegsam.
Sei es der Beischlaf oder die Weltmacht.
Die 2 Prinzipien: das Nicht-Tun und
Die Fehler macht der andre, laß ihn machen.
Gib nach wie ohne Flechsen, sei wie Wasser
Löse dich ganz im Gegner auf
Und kenne seine Schwäche: sie besiegt ihn.
Amerika, das fortgeschrittene
Wie um sein Leben fightend waffenstarrend
Wenn Chinas Schulter zuckt, liegt auf der Matte.

二

China, das zurückgebliebene China
Wird die Werkelbank des Westens
Der Herr kauft billig ein, Hosen und Hemde
Das er dem Knecht vom Leib zieht. Nämlich
Der auf großem Fuß lebt gibt sein Geld aus
Der Arme spart es und borgt es dem Reichen
Damit der kauft und bei ihm arm wird. China
Nur wer verliert gewinnt, es sitzt am Hebel
Das Lohngefälle! 1 : 20, saugt
Die Arbeitsplätze aus den Hochlohnländern
Die Handlungsfähigkeit der Herrschaft, welche
In der Welt wirtschaftete, verkümmert
Indes die seine wächst. Die schiere Größe

Verwandelt seine Schwäche mählich sprunghaft
Der Globus kehrt sich um, der Herrschaft Wesen
Ist, sagt Hegel, das Verkehrte dessen
Was sie sein will, und so auch die Knechtschaft
Wird das Gegenteil von dem, was sein soll:
Wer macht das Geschäft? Wer macht Geschichte.

三

100 Millionen T-Shirts sind 1 Airbus
Nach Kungfutse (und soviele Mädchen
: Millionen, gleichen einem Werbespot)
Wobei die Gleichung nicht den Wert plus Mehrwert
In Rechnung stellt sondern den Bruchteil
(Nicht ihre Schönheit sondern das Make-up)
Der in China abfällt (aufgeschminkt wird)
Was dieses China, heißt es, für das Ausland
(Und die Millionen: Mädchen Modefrauen)
Unwiderstehlich macht

四

China ist trinkfest, und Maotai der teure
70prozentig, gnädigenfalls 53
Der Oberste in der Nomenklatur der Schnäpse.
Jetzt wird nicht mehr erlaubt, den Fürchterlichen
Offiziell zu saufen. Vorgeschobne
Kostengründe, aber in Wahrheit
Die Entmachtung und der Preis fällt, prost
Und wir erheben uns
Um ihn zu vertilgen

五

Die Sonderwirtschaftszone. Wenn der schwere
Potente Mann sich zu der Jungschen hinlegt
Darf die sich dem, für die paar Bringsel, geben.
Sie sträubt sich rege, er macht sie lebendig.
Ein Fieber faßt ihn, für den frischen Körper.
Sie weiß nun, wie die Lust geht, und will mehr
Als der alte Hahn kann. Hingegeben
Übt sie sich, die Gespielin, sich bewegen
Und von dem Lager lächelnd steht die Frau auf.
Die Dialektik fickt die Logik, ungezügelt
Kippt sie das Bett aus mit den schmutzigen Laken.

六

Aus dem Schutt von dreißig abgerissenen Dörfern
Baut Wang Shu ein Museum
Halb ein Berg, halb eine Burg
Höhlen und Höfe, Schluchten und Wässer.
Das abgegriffene Material ist das kostbarste!
Als der letzte Stein gelegt ist und die Planen fallen
Sieht man das ungeheure
Neue. Die Alten streifen durch das Gemäuer
Und betasten die Wände, erschüttert
Die Ziegel ihrer Häuser zu finden
In der alt- und ungewohnten Landschaft.

## TWEET

Juli in New York, Doktor Jeff Jarvis
Ißt Abendbrot, dazu die Breaking News
Das Geld verbrennt, die Weltwährung im Sinkflug.
Er schickt ein Tweet los: he, ihr Arschlöcher
Das ist mein Land, stop fucking with it! Er
Lehnt sich zurück. Er hat sich Luft gemacht
Da kommt ein Echo, #FUCKYOUWASHINGTON
Sein Vogellaut wird von dem Schwarm erwidert
Die Wut, getwittert, schwillt exponentiell.
Es ist unheimlich, er sitzt eingerollt
In der Lawine #FUCKYOUWASHINGTON
Die er, beim Abendessen, Asche kauend
Lostrat. Als Twitter ihm den Zugang
Sperrt wegen zu vieler Post zum Thema
Ist es schon nicht mehr seins, die Allgemeinheit
Schreit es zum Himmel, virtuell versammelt
August September, und es bebt die Wallstreet.

## PRISM

Spähübel ist uns nun und weh vor Wut.
Dem Bürger fliegt vom spitzen Kopf der Hut!
Ihr Dünkeldeutschen, seht jetzt wer ihr seid
Ich schwieg davon und sage es beiseit.
Die Welt geht hin, die Anschauungen folgen.
Wie harmlos lag der Blick auf unsern Wolken
Im Baltenmeer ein kinderfrohes Baden
Wave glider drunten sammeln meine Daten.

## AUFKLÄRENDE STRAFTAT

Ein Dieb in Nandang, als er alle Kästen
Aufzog bei der Klientin, fand nichts
Kein Geld, kein Körnchen Gold, nichts was von Wert war
Weshalb er sie enttäuscht belehrte: Frau!
Arbeite härter, damit du aus der Armut
Herauskommst, sorge besser für dich, etc.
Sie dergestalt belegend, daß sie
Die Polizei rief, die den Mann abführte
Der, mit den leeren Händen fuchtend, fortfuhr:
Ich würde nicht verhaftet, wenn ich nicht
Mitleid hätte mit dir Verstockten!

## DIE VERANTWORTUNG (REDE JIAS)

Die Höhe des Himmels begründen
Sonne, Monde und Sterne
Die Tiefe der Erde ermessen
Der Schmutz und der Dreck
Den Raum dazwischen füllt das Leben
Götter, Pflanzen und Tiere
Der Mensch tritt hinzu
Die Verworrenheit, die Verwüstung
Sie erschüttern mich, sie erschrecken mich
Wie reich wir geworden sind
Und andererseits wie sorgenvoll
Es ist die beste Zeit
Es ist auch die schlechteste Zeit
Wir erhalten viel
Und wir verlieren viel
Ich bin nicht Sun Wukong, der Aufruhr im Himmel schürt
Ich rühre die Seelen auf Erden an
Ich sage nicht Ja zur Zeit
Nicht Ewigkeit.

## ERFAHRUNG (REDE LAO MAS)

Viertausend Jahre die Sandale binden
So wird ein Schuh daraus. Fünftausend Jahre
Sitzen, und nun wissen was ein Stuhl ist.
Zehntausend Jahre Umgang mit den Göttern:
Ungläubig! Wer will uns missionieren.
Aber ach abertausend in Gesellschaft
Und kein Jahr kann es so weitergehn.

## ERWACHEN. NACH LU XUN

Wie gefährlich ists, an den Schlaf der Welt zu rühren! Das Volk der Mitte lag lange in einer eisernen Zelle und drohte zu ersticken. Als die Unruhe anschlug, wachte es halb auf und bewegte die mächtigen Glieder, löste die Füße vom Nacken und zog den Kopf aus dem Hintern. Das war die Aufklärung. Ah, es galt einen großen Sprung zu machen, der bei der Masse und dem Raum Jahre dauern mußte, so daß, bis die letzten Millionen landeten, die ersten, nach einem Zug aus der dünnen Pfeife, nur tiefer in Agonie versanken. Da ließ der Rat der Wächter (= die Wachenden), selber ermüdet in der Wachsamkeit, zwei Losungen durchgehen, die sich vollkommen widersprachen. Etwa wie Feuer und Wasser, Macht und Markt. Nun denn, es war kein Rasten mehr, und keine Ruhe, um an Schlaf zu denken, denn alles wurde in dem Kasten rasselnd hin- und hergeworfen. Der allerdings gar keine Wände aufwies, nur den eisernen Boden und eine graue dunstige Decke. Und daß die Zelle »unzerstörbar« und »fensterlos« sei, war eine Legende (und die *Agonie* unter die Dämonen versetzt). Nur das Erstickungsgefühl war real, es wurde jetzt erst, durch die ungeheure Schicht aufgewirbelten Drecks, zur Gefahr. Man hörte das gewaltige Rollen und Stampfen, Zehntausende in der Leibmitte auseinandergerissen, der Kopf kauerte noch am Boden, die Beine arbeiteten maschinell in der Luft, in der Unendlichkeit, die dem Gehäuse die Form gab.

## DIE BLITZE ZAUDERN

Die Wolke des Vergessens
Zieht hinter der Menschheit her
Ein mächtiges Dunkel
Vorüber vorüber. Die Gegenwart
Tritt in das grelle Licht
Geschlossenen Augs!

## REDE IM REGEN

Wie ein Faß nach dem Winter
Verdreckt, von Mulm und Modder
Mein rostiger Kopf, Regen-
Würmer, stürze es um
Schlag auf den Boden, entleere dich!

## DIE WUNDE

Alle fragen, wie es dem Bein geht. Hast du noch Schmerze
Ob sich die Wunde bald schließt? Mit Silberkompressen.
Honig unter das Pflaster. Wickle die Mullbinde fester.
Gehe in kurzen Hosen, laß Luft an das nässende Loch ran.
Wie sie reden! als wenn ich sonst keine Verletzungen
Hätte. Schrunden, tief und blasse, und jeder Wetter-
Umschlag macht sie mich fühlen, ein Ziehn in der Seele.
Stiche unheilbar, obwohl längst der Splitter entfernt ist
Kaum noch erinnert der Unfall, die Liebe, lebensgefährlich
Hilft sich der Körper, mich freuts, das Ganze ist nicht zu
heilen.
Das fällt mir auf nun: danach fragt keiner. Er siehts nicht.

## DÄMON

Mich beherrscht ein eignes Wesen
Heiter macht es mich und trüber
Davon kann ich nicht genesen
Von kleinauf war es mir über.
Meine Freiheit, meine Engnis
Unter dem Geschirr entspringen
So vollbring ich mein Verhängnis
Und erleide mein Gelingen.

# Dotterleben

## STEINBRECH

Wovon nährt sich dieses demütige Kraut. Welches karge Mehl aus Tau malmt es beharrlich. Aus beinahe nichts sintert es sein festes Grün. Es kost den Felsen und überwächst ihn mit hartem Fleisch. Stetig, strotzend dürftig kämpft es ums Leben und darbt wie Hoffnung, und dorrt. Und öffnet den Stein.

## STAMMBAUM

Wie wir uns in dem alten Park ergingen
Der geräumig war, wir viele zählend
Schwäger und Schwieger, Enkel bündelweise
Von breiten Wegen zweigten schmal und dunkle
Um eingegrabne Teiche, Wasserläufe
Weit in die Wiesen rennend aus der Röder
Und ruhig wieder sich in sie ergießend
Stand der Eichbaum da vielhundertjährig.
Im Sumpf war er allmählich aufgeschossen
Ein ungeheures Laubwerk um sich breitend
Die feingerippte Rinde ohne Wunde
So daß wir ihn umarmen mußten. Daß
Etwas Lebendes es so weit bringt!
Acht Sprößlinge, sich an den Händen nehmend
Vermochten grade so, ihn zu umfassen
Und nicht das Kleinste hätte fehlen dürfen.
Und ihn umarmend hielten sie einander
Vielfarbig wie sie waren, weiß und braun
In zwei Welten wurzelnd, eine Sippe
Und ein Augenleuchten.
Ich hob die dürren Arme auf, grau
Wie ich war, und hörte in des Rauschens
Abgrund, hoch in den Wipfel blickend
Das hellste Grün an feinsten Ästlein zitternd

## DAS FRÜCHTCHEN

Wie ich mich wiederkenne in dem Kleinen
Anmutig wild auf seinen festen Beinen.
Noch keine Scham, noch mit sich selbst im reinen
Und offen will dieselbe Welt ihm scheinen.
So an die Brüste griff ich wie die seinen
Hände es zu wagen müssen meinen.

## DIE LIEBENDEN. VOR DANTE

Sie liegen lange in der dunklen Kammer
In inniger Umarmung, unterirdisch
Fünftausend Jahre: wie die Liebe währet.
(Die Zeitung wars, die uns dies Schicksal meldet:)
Vollständig das Gebiß, unabgenutzt
Vom langen Kuß, in dem sie noch verweilen
Die Lippen aber abgespeist von Würmern
Ob Mann und Frau, muß man noch unterscheiden.
Sind sie verdammt? beseligt von der Wollust
Oder war Ehbruch ein Verbrechen in der
Jungsteinzeit. Niemals hat man zwei ertappt so
Vom Fleisch gefallen zueinander haltend –
Sie kannten keine Hölle, keinen Himmel.
*An jenem Abend lasen wir nicht weiter*

## DER VERTRIEBENE DANTE

Als er nun wandern mußte unablässig
War er schon unterwegs in dem Gesang
Der *Die Komödie* heißt, denn Lust und Zwang
Vermählte sich gehörig und gehässig.

Und so genau war er in seinem Haß
Daß er die Schurken, sei es wer es wölle
Ein jeden schickt in die gemäße Hölle.
Und nicht vom Mitleid sind die Lippen blaß:

Sie ist nun wie die Erde aufgehängt
(Nach unten nur, indem ihr Recht geschieht)
Und die ihm hier wie dort die Sohlen sengt

Nie war die Rache süß so wie im Lied
Des süße Verse ewig dauern.
Wir lesens noch und wieder mit Erschauern.

## INFERNO IV. LIMBUS

»Nein, nicht die Hölle wars, es war der Vorhof
Wo ich verbrachte meines Lebens Langzeit« /
»Und kein Wehklagen gab es, nur ein Stöhnen
Unverhohlen – uuh! – in der Versammlung« /
»*Gram ohne Qualen* ...« / »Und wenn man Verdienste
Vorwies, es genügt nicht, weil wir ohne
Glauben waren, der verordnet wurde« /
»Ich glaubte lange auch ...« / »Nicht richtig, wie
Nicht unverbrüchlich« / »Zweifelnd, und verzweifelt«.
So sprachen sie, und stöhnten wie vor Wollust:
»So dienten wir und schadeten der Sache
*Ob solchen Mangels, nicht ob andren Fehles*
Zwar nicht verloren, aber nicht gelitten«.
Wir hörtens an; und als wirs sagen hörten
Faßte ein Schmerz mich, weil wirs wieder sagen
Mußten jetzt, im langen Rest des Lebens.
Denn nicht befreit war ich aus meinem Zustand
*Unbelehrt* von Zeit und Züchtigungen
Ich hatte ja den Glauben nicht gefunden
Im Kaufhaus, wo es nichts gab was es nicht gab
Wers glaubt wird selig! »Ward je einer frei hier
Durch fremde oder eigne Leistung? Nein.«
Nicht bremsten wir, so quasselnd, unsre Schritte
Und lachend kurvten wir durch all die Schatten
Brecht und Eisler, Cremer, Busch

Und Heise, Bloch sowie sein Schüler Teller
Bahro und Biermann (als er jung gewesen)
Und Fühmann, Dresen, die ernst grinsend grüßten.

## BIRKENAU

Ich sah den Lageplan, reißbrettgenau.
Die schöne Zeichnung, nur ein wenig grau.
Berechnet alles bis zum saubern Rand
Kein Millimeter Schuld, kein Fleckchen Schande.

## KOLYMA

Warlam Schalamow war in Kolyma
Was ich gesehn hab
Sollte niemand sehen / auch nicht erfahren
Wenn man es aber sahe
Besser ist es
Bald zu sterben

## CHICHEN ITZA

Hüft- und Handschutz trägt die Mannschaft
Die die Kugel vorwärts drängelt
Um die Götter zu gewinnen
Und die Menge lautstark quengelt:

Sinds die Sieger / die Besiegten
Die sich bücken unters Messer?
Es muß Blut wie Wasser fließen
Und der Besten Blut wirkt besser.

Welche Regeln immer gelten
Es ist stets die gleiche Übung
Maya- oder fukuyamisch
Sag ich Ritus, ich sag Schiebung.

Unsre hohen Astronomen
Wissend, was am Himmel draufsteht
Zittern doch im Punkt der Punkte
Ob die Sonne morgen aufgeht.

Aufgesteckt an dem Tzompantli
Totenschädelmyriaden
Eingemeißelt ist das Nachbild
Redend doch mit offnen Laden

## VOR DEN RUINEN

Hubschrauber quirlen Yukatans Milch, uns
  Schweißgebadete
Leckt kein Wind, und die Taucher im Pool versenkt
Mr. President in der toten Pracht: Uxmal (= *Dreimal*)
Erbaut mit Fehlern, die er an zwanzig Zehen zählen kann
Welches düstere Reisebüro DANTE hat ihm den Trip
  verschafft?
Einsam macht er, auf diesem Campus, seine Erfahrungen
Mit den Riten des Regengotts (oder war es ein Ölgötze)
Dem GROSSEN PINKLER samt seinen kollateralen
  Bewandtnissen
Zwischen den Narben der Augen *der Fürst, der kaum noch*
  *vorhanden ist*
In Uxmal, dem xmal untergegangnen Imperium.

# FIRMA HOMER

Landend in Vienna der Blick aus dem Luftbus
Ein wildbärtiger massiger Kerl verwachsen
Mit seinem Gepäckwagen dreht den Halbleib
Und hebt aus der Ladeluke das Sperrgut

Und geh auf den Hohen Markt, ein mythischer Lärm
Bulldozerfahrer, halb Maschine halb Mensch
Harken das römische Forum: geduckt
Auf der Teerwalze sitzt er, der brave Kentaur

Und die Taxidriver in ihren Droschken
Die Schalterbeamten auf willigen Hufen
Und das ganze archaische working around
Leiharbeit aus der rostigen Vorwelt.

# ÜBERALL GEHN DIE LAMPEN AUS

*Für Charles Simic*

Man darf dem Volk nicht sagen, daß es Tag wird.
Seine Kolonnen erbeuten die Dämmerung
Arretieren Messer und Meisel und werfen Motore an
Und entfesseln den Draht und das dunkelste Eingeweide.

Die Penner erheben sich von ihren Pappen verkleidet
Als Müllmänner, sie spähn in die leeren Hallen
Und schnappen sich liegengelassene Lötlampen
Und ziehen drei Schichten ein ins Bodenlose.

Schon rosten die Tage nicht mehr, zerrissen die
Nichts sagende Zeitung, gebraucht
Wird der große Lümmel, für nichts
Und wieder nichts hält er den Fetzen Hoffnung hoch.

## DIE METTENSCHICHT

Sie stehen schweigend in der Dunkelheit
Im tiefen Schnee in ihrem Ehrenkleid.
Wohin, ihr schwarzen Leute? Unbetrübt
Gehn sie der Arbeit nach, dies nicht mehr gibt.
Fest in der Pfote halten sie ihr Licht
Daß bei der Nacht es daran nicht gebricht.
Sie steigen ordentlich den Berg hinan
Zur großen Einfahrt von Sankt Ann.
»Genossen warens alle«, freigesetzt
Gehn sie zum Gottesdienst und beten jetzt.
Arschkalt ist es bei Gott in seinem Bau
Wie erdenwarm geheizt war ihr Verhau.
Sie sind vereint, als wären sie vor Ort
Und beten barhaupt, aber nicht das Wort.
Das höchste Wesen lebt in dem Gedicht
Vom Steiger, welcher kommt mit seinem Licht.

## KASSENSTURZ

Jetzt gehts ans Konto, an das Eingemachte.
*Ich krieg die Krise*, weil der Weltkreis krachte.
Wo ist nun unser Mut? das Aufbegehren?
Ihr zogt zuhauf und ließt die Seele reisen
Und wart das Volk. Jetzt soll ich Volker heißen
Und meinen Witz von unsrer Schwachheit nähren
Und Widerstand im Warenhaus bewähren.
Das ganze Leben warfen wir inn Handel
Wir glauben gerne, daß es sich verwandel
Die Seelenarbeit für den Mindestlohn.
Was sind wir noch zum Schein, was sind wir schon?
Ein Bettelvolk. Ich sags auch mir zum Hohn.

## DIENER ZWEIER HERRN

Was spielt man hier. Auf dieser schwarzen Bühne
Der Ofenbühne, wie. Stahlwerk Tarent
Der alte Spielplan unverändert: Arbeit
Und Arbeit, die Kulissen Ruß
Der Ruß das reine Gift. Ist das die Kunst
Europas, Herr, Sie sind verhaftet
Die Staatsanwältin droht dem Haus die Schließung
Wie andern Bühnen auch wegen Belastung
Des Publikums, Herzschwäche Atemnot
Die Leute sterben schlafen reihenweise
Ich bin ein Leiharbeiter aus dem Fundus
Der Komödie »Diener zweier Herrn«
Im Gesicht die schwarze Hundemaske
Und trete wie ein Mensch auf: komisch, herrlich
In der Montur, in der ich gerne diene
Es ist ein Job nur, aber er zerreißt mich
Und meine Glieder zucken schon ein wenig
Von der Arbeit oder von der Krankheit
Der eine Job ernährt mich und er frißt mich
Glatt vom Boden, er ist doppelbödig
Wie Leben Sterben, das sind die Berufe
Und unkündbar bin ich wie das Elend
Von dem ich die Gestalt bin, unverändert
Wie Soleri, Mime in Milano:
Und ich glühe in dem Bühnenofen
Achtzigjährig, inszeniert von Strehler
Sechzig Jahre Arbeit, herrlich, herrlich

Und unglaublich, in der selben Rolle
Springe ich die gleichen Sprünge, holla
Es ist heißer Boden: Bühnenboden
Weil die Welt bedroht ist von der Schließung
Eine Arbeit baut sie und zerstört sie
Unverändert bis der Ofen aus ist
Holla höher hoch wie Herr Soleri
Gibt es keine Kunst, die mich nicht umbringt
Fantastisch, Herr Soleri, Beifall, Beifall

## DIE LEGUANE

Sie liegen lässig in den grauen Trümmern
Der Tempelreste, welche sie nicht kümmern.
Während nur ab und an ein Auge klappt!
Steingrau der Leib und kantig wie die Steine
So stemmt sich das auf seine flinken Beine
Zu dem Geschäft, das nach den Mücken schnappt.

Wir Leguane, kommende Geschlechter
Gelagert in den mürben Kassenhallen
Wir sehn die Banken stumm zusammenfallen.
Nicht einmal Zorn, nicht einmal ein Gelächter.
Was ist die Zeit, die Macht? sie ist vermodert
Während des neuen Tages Sonne lodert.

## DIE FREIHEIT

Schwer, schlachtreif, düster steht die Kuh
Das Auge auf den roten Abend zu.

Sind denn die Tage, und von wem, gezählt
Daß sie den Ausgang in die Waldnis wählt.

Das Unterholz ein karger Unterhalt
Sie macht sich in den Mais und mampft ihn kalt.

Der rote Abend ist es, was sie schwächt.
Sie hat genug vom Menschenrecht.

Sie dreht die Ohren achtsam wie ein Wild
Und streift im unermeßlichen Gefild

Und wie ein Wild gejagt! Die Welt seitdem
Hat eine Hoffnung: daß sie uns entkäm.

## DAS ELBTAL

Am Elbhang stand ich meine Blicke weidend
An der Welt, die Stadt *im Dufte schimmernd.*
Das war die Stelle, welche mir der Vater /
Ich dem Enkel wies, wortlos
Weil alles hier beredt ist. *Liebes Tal*
(Hörte ichs reden), und ich wie ein Kind
Schob den Finger in das Bild, so daß er
Wie eine Brücke übern Fluß ragte.
Worauf ich stehnden Fußes rüberschritt
Rüber und nüber. Ja: ich liebe Brücken
Ufer verkuppelnd, Loschwitz Blasewitz
Die sich in dieselbe Lauge schmiegen
Und waren wir nicht einste aufm Sprung
Uns wie Faune auf den Hang zu breiten?
Als ich sie aber so vor Augen stellte
Zerschnitt sie plump das schöne Blickfeld
*(Pfoten weg!* :der Brückengegner in mir)
Zumal der Daumen drunter wie die Zufahrt
Drohte. Ich war ganz zerrissen, ein Bein
Hier, der andere Gedanke dort
MORDGRUNDBRÜCKE / WELTKULTUR.
Die Ramme stand schon da, und Milbradts Nischel
Schaffte Tatsachen. *Ist das die dresdner Denkart?*
Dacht ich und biß mir in den Finger, Dummheit
Ists die dauern will und loslegt
Von Amts wegen oder Volks Willen:
Wollt ihr den totalen Stieg? – Jaa

(Scholls aus dem Tal), und ruiniert
Lag vor mir die Ziegelsteppe, wo wir
Steine klopften

Es griff (das Kind) sich einen Ast, mit Ästeln
Dran blattlos, feinste Eisenträger
Strauch- oder Bauwerk (was es dafür hielt)
Tropfennaß. Kennt ihr denn keine Kunst?
Fluchte es lautlos: welche heiter ist
Und überdauert unsre stumpfen Pläne
Wie dort die Buche noch 200 Jahre
Hätte! Und ich hob den dünnen Strunk
Wie eine Rute hielt ich ihn und sah
Hindurch: und sahe noch die Landschaft

Während die Bagger schon zur Arbeit schritten
Am Ground Zero und den Boden schlürften.

## DIE GESELLSCHAFT

Was für ein immenses Gemisch
Aus lauter kommunen Ge wie Gedränge Geduld
Mit dieser geselligen Mitte, die etwas schafft
Anschafft und wegwirft. Welches Geschäft

Der Geschichte, und Geschlechter
Schleppt sie entschlossen mit und vergißt sie
Durch wieviele Schulen gelaufen und Schuld
Ist die ungesättigte Menge.

Jeder Mensch schon allein ein Geselle
Sie brütet Verhältnisse aus
Mein Dotterleben aus dem mythischen Ei-
Gentum, und das sog. Bewußtsein

Das sich als falsch erweist. Gegesse, Gesetze
Stammheim und Krisenherd. Ein Riß
Geht hindurch bis zum Bodensatz
Die Grundsuppe aufgerührt

In was für Formationen hinauf. Ge-
Lächtigkeit! Ein neues Jahrtausend, wie nichts
Tappt sie hinein, gelinde gesagt, die Schreie
Gellen. Geselchtes! geschafft!

Bis kein Halten mehr ist, dann schafft sie sich ab
Und ist gewesen.

## SANTORIN

Im Schwefel schwimmend über dem Vulkan
Am Kraterrand wie Schnee die Behausungen
Bevor er schmilzt. Je näher am Abgrund
Desto größer das Glücksgefühl. Ich
Sitze in der ersten Reihe: HOMERIC POEMS
Das Textbuch auf den Knien, der letzte Eintrag
*Nichts Neues*

7. 5. 11

Ein schöner Tag. Mein zweiundsiebtes Jahr.
Kein Lüftchen weht. Wie war es, als ich glücklich war.

## TODESSTUNDE

Übel war mir die Nacht, ich hatte nichtsahnend die Nachricht
Schon empfangen und lag, wilde Empörung im Leib.
Heute weiß ichs, du warst hinab zu den Schatten gegangen
Heiter, heiter gebeugt! Anbrach der strahlende Tag.

## TELEPHOS AN PAPENFUSS

Ich Telefuß in Müßien
Die Wunde heilt nicht am Schenkel
WER SIE SCHLUG WIRD SIE HEILEN
Die Zeit, mit dem Rost der Lanze
Im Smartfon der Herzton die Eilmeldung
Willkommen und Abschiebung
Was für ein wüstes Reich ist das
Kein Unterschied KRIEG&FRIEDEN /
Wieviel Merde braucht der Mensch
Bis er ins Funkloch fährt
                                        *Freiheit ist*
*Zeitenbruch in der Halbstrophe* – krank, karrank
Is schon ma'n juter Anfang
  Jewesen, jib mich ma den Besen:
  Nu ma raus mitten menschlichen Wesen

## TOTENFEIER

Der Tote wird in weißem Wein gewaschen
Und aufgebahrt. In seinen Sonntagssachen
Und all sein Dorf kommt, von dem Wein zu naschen.
Sodann wird Hemd und Hose aufgeschnitten
Ein Anblick als zum Weinen mehr zum Lachen
Und Licht und Luft dorrt seinen Leib zu Fritten.
Und nicht ein Sarg in etwa seinen Maßen
Ein Tuch umfängt ihn, Bimsstein ist sein Rasen
So daß er rein verwest in wenig Wochen.
Nur einen Meter tief und mehr noch enge
Parkt er nun eingewinkelt sein Gestänge.
Und er ist nicht zur letzten Ruh gebettet.
Nach wenig Jahren wird das Grab erbrochen
Und die Gebeine nackt daraus errettet
Und wiederum mit weißem Wein gerieben.
Wie Neugeborene, gleich roten Hummern!
Bevor sie in die helle Kiste stieben
Um im Archiv der Friedhofswand zu schlummern.

# La traboule

## DIE SÜHNESÄULEN

Seht ihr die dünnen Monumente gleißen
Die tausenden auf ebensoviel Brachen.
Sie spiegeln sich in öliggrauen Lachen
Vor den Werken, die wir niederreißen.
Hochaufgerichtet, rot, imaginär
Wie unsre Schande, die sich nicht verflüchtigt
Nur in die Luft geritzt! Wir sind gezüchtigt
Von dem Anblick um uns her.
So ragt die Säule auf der Place Louis Seize.
Den hatten sie beim Kopf, uns am Gesäß.

*(Nantes, Place Louis XVI)*

## DER VERBORGENE

Nicht viel ist das, was ich mein Leben nenne
Und strikt verkleidet bin ich musel-manisch
Denn hüte ich nicht meine Worte panisch
Verriete ich, daß ich in Gluten brenne.
Ist es Betrug: so ist er mir bewußt.
Erschaff ich nicht die Welt an allen Tagen?
Ihr nackter Leib liegt breit auf einem Laken.
Doch durch Steppen stehl ich meine Lust.
So zugenagelt wie dies Bild: Courbet.
Und zugefrorn seht ihr das Schloß Blonay.

*(Paris, Musée d'Orsay)*

## DAS DURCHHAUS

Die Tür hart an der Straße: sie ist offen.
Es riecht nach Spülicht, Wein und Harn.
Geh durch den dunklen Gang, du mußt nichts hoffen.
Trag ins Trockne dein verworrnes Garn.
Nun steigst du wohl durch zwei und drei Gehäuse
Hindurch! hindurch! und immer in dem Innern.
Wirst du dich auch des schönen Hofs erinnern?
Kein Häscher folgt dir in die Reuse.
So ganz durchhaust und aller Welt Modul
Das ist mein Ort und Name: la traboule.

*(Vieux-Lyon)*

## DIE KASTANIEN

Der schöne Platz tief in Europas Mitte
Von vielen alten Straßen müdgehetzt:
Ist er besiedelt oder nur besetzt?
Es hallen noch die schweren Stiefelschritte.
Die Sprachen wechseln. Zeiten bleiben stehen
Was für ein Licht, das mich umwebt.
Ihr Bäume, Juden, habt es überlebt.
Ein Blühen wie entschlossne Wehen
Die weißen Bräute geben mir das Wort
*Locus perennis*, dauernder Ort.

*(Lviv, Rynok)*

## DIE AUGENHÖHLE

Dies große Oktogon, des Schönheit blendet
Dort auf Apuliens Berg, den ich bestiegen
Ich muß die Blicke auf den Boden biegen
Denn meine ganze Freude ist geschändet.
O so sehnsüchtig in den Himmel schauen
Wie jene Kinder, drei, die man geschunden:
Sie sahen statt aus Augen mit den Wunden
Nurmehr den schwarzen, und nie mehr den blauen.
In dem Castel del Monte, unvollendet
Was sah ich Sehender? das ganze Grauen.

## KÜNSTLICHE WELT

Die Halligen am Golf, zementner Sund.
Es ist doch Sand! das ist die neue Erde.
Und immer bete ich: es werde
Von Grund aus anders. Aus dem Meeresgrund
Geschaufelt von dem dunklen Heer …
Wir Blumenkinder mit den Konten
Wie wir uns einmal noch verwegen sonnten!
Während der Sklaverei, die uns ernährt:
Wir wissen, was der Wind, das Wasser denkt
Hier wird Atlantis sagenhaft versenkt.

*(Dubai, The World)*

## GETEILTE STADT

Arbeiterstraßen sind es, grau und grauer.
Die Eisenzäune hart hindurchgezogen
Und höher hoch als die Berliner Mauer.
Flaschen fliegen, Bomben sind geflogen.
Der Armen Arbeit ists, im Haß zu frieren
Und den Teufel an die Wand zu metzen.
Die City geht derweile schon spazieren
Auf teurem Pflaster, gar nicht zu ersetzen.
Und fast vergessen ist der alte trouble
Der underground nur kriegt den Rappel.

*(West Belfast)*

## DAS MANNSFELD

Ein Land wie konstruiert auf flacher Flur.
Man kratzte dran, dann grub man sich in Spalte
Jahre hundert. Ist es Kunst, Natur?
Ein jeder Hügel scheint nun eine Halde.
Italische Gebirge! Abraummassen:
Der ausgeraubten Tiefe Monumente
Als wollten wir das Wühlen niemals lassen.
Als hätte unser Wünschen nie ein Ende.
Das hat der Mann mit seinem Feld gemacht.
Der Rückstands-Berg vom *Fortschritts-Schacht*.

*(Halde bei Volkstedt)*

## DIE ERWECKUNG

Ein Vogellaut wiegt mich im Schlummer noch –
*Byzanz* – da schwatzt ein Schwarm am Firmament
Und schreit und schreckt das Viertel hoch
Und schweigt mit einmal. Im Moment
Machen die Muezzine sich bemerkt
Um mir endgültig den Schlaf zu rauben
Ein Jaulen wie von Hunden schallverstärkt:
Es sollen alle an den Einen glauben.
Ich anderer, ich wälze mich im Pfuhl
Und glaub es nicht. Ich bin in Istanbul.

*(Eminönü, $4^{30}$)*

## DER NACKTSTRAND

Glutlasten auf dem Nacken! fettgecremt
Im übrigen naturbelassen
Bräunt sich das sanft zu allgemeinen Rassen
Im Landstrich, wo man sich nicht schämt.
Hier herrscht die Gleichheit in Gestalt der Blöße.
Ihr Zeichen Schwanz entweder oder Möse.
Doch nur die Schönheit ist ganz frei lebendig
Mein kleines Ding die reinen Qualen leidet
Denn wie beim Pferd logiert es innewendig.
Im Paradies, gewiß, geht man nicht unbekleidet.

*(Vitte, Hiddensee)*

## HECKENTHEATER IM HERBST

Fort ist die Kunst. Die fröstelnde Natur
Spielt die Saison zuende. Die Kulissen
Gehören ihr und sind zudem zerschlissen.
Auftritt der Nebel. Das bedeutet nur
Sie setzt die Mittel ein, die immer liefen.
Die falbe Sonne ist das Arbeitslicht.
Und Krähenschwärme wie zwei Dutzend Diven.
Nicht daß es ihr an letzter Kraft gebricht:
Noch einmal ist das Laub illuminiert
Bevor der erste Reif nach Beifall giert.

*(Rheinsberg)*

## GOYAS GRABSTATT

Dies Kirchlein malte er beizeiten aus
Mit einem Himmel oder Wunder was
Den Ewigkeiten grauen Himmelblaus
Daß man den Maler nicht so bald vergaß
Bevor er fluchend aus dem Land schlich.
Und mitten in die Menge malt er sich
Die Weiber Madrids Engel auf dem Strich
Von seiner Hand! So sah man das.
In seine Werkstatt kam er tot zurück
Zwar ohne Kopf, doch nun einmal im Glück.

*(Ermita de San Antonio de la Florida)*

## HYATT CANCUN CARIBE

Vor uns das Meer, ein unerschöpflich Schauen
Von unten infernalisch der Verkehr.
Der mittlere, des Lebens Lärm ist leer
Und überschrien von ungeheuren Pfauen.
Die Himmelbetten an den Strand gerückt
Die Hurrikane warten wildentzückt

# Wilderness

*A Wilderness of sweets; for Nature here*
*Wantond as in her prime, and plaid at will*
*Her Virgin Fancies, pouring forth more sweet,*
*Wilde above Rule or Art; enormous bliss.*
Milton, Paradise Lost, Book 5, 294-297

*1 Eine Mahlzeit aus Schädeln*

Wie Wasserbüffel scheuen die Verse sich
Störrische Worte, »idiotische Herde«
Ich locke, ich schlage sie mit Zweigen und Stöcken
*Bilder, die wir nicht zu buchstabieren wagen*
In der Regenzeit an einer versunkenen Furt
Bis eins
          verzweifelt
                    in die Brühe springt
Und die Strophe folgt ohne Zögern
(»Kühe, Büffel, geschmuggelt über die Grenze«)
An einem Fluß zwischen Birma und Thailand

»Wir nahmen die Dröhnung, und von selbst marschierten
die Knochen« ... mit dem Schwert spalteten sie die Köpfe
und aßen das Hirn

Jahre vergingen, ich schwieg
                              Fragmente
Worte am Drahtzaun hängend
»Aufgegriffen«, »vernommen«,
                                 ausgewanderte Worte
Vor meinen geschlossenen Lippen
*Unter dieser Sonne, die sich die Adern öffnet*
Etwas wie Hunger wie Angst (ich kenne es nicht)
Nachts am Hafenkanal Fiumicino
*Ein Zündholz angerissen am Augen-Rost*
Das Epos, namenlos,
                      das neuen Anlauf nimmt.

## 2 *Der Morgen der Migranten*

Cádiz, die Kaldaunen des Schlauchboots
Auf den Strand geworfen, ich
Der Stein am Gestade bin unterrichtet
Vom schwatzenden Wasser.
                                        Im großen Mischer
Des Sommers die Nackten mit den Vermummten
Who is who, der Karneval der Kulturen

Wo will diese Menschheit hin und landen und untergehen
Ihr kalten vermüllten Strände dieses abnehmenden Monds
Wo ist der feste Boden, die warme Erde, worin
Die Sohlen wohnen,
                                Ballen und Zehen
Und der mühelose Leib setzt Schritt vor Schritt

Das klimmt das Kliff hoch über die Steine weg
Über mich weg und läuft auf meinem Kopf
Als wäre ein Ziel darin, eine Küste, ein Sinn.
Der Mittag streckt sie
                                  nieder, mit seinen Erlassen
Er tilgt ihre Schatten auf der calle mayor
Er führt sie ihrer Bestimmung zu
                                              mit einem Kreidestrich.
Sie sehen mich an, die ozeanische Seele
Auf den Karst meiner Augen gerichtet
Kadaver, Kadaver, eingerollt
In die krachende Plane der Brandung.

*3 Das Getwitter*

In deinem Einbaum hausend sommerlich
Der Sandweg deine Adresse, Staubfahnen gehißt
In der Amselluft,
»eine Zuflucht der Sinne«
Das Fließgewässer, Buschwerk & Wiesen
Vor der Rasterfahndung auf den Kykladen /
Im Bombodrom Bagdad, ein Duft von Minze
Die süße Speise der Jahreszeiten

Ich bin verdorrt wie ein abgehauener Ölbaum.
Digitaler Idiot an der elektronischen Fußfessel
Das Getwitter entlädt sich, die Medienwolke
Fakten gefickt Fiktionen abgefackelt
Eine Brandrodung der Zugang zur Wirklichkeit
Gesellschaften, Wildnisse, undurchdringlich
Prähistorie,
»postheroisch« (: kreditunwürdig)

Pound im Irrengarten von Saint Elizabeth's, Washington
Hatte den Vers in der Wunde
*usura, usury*
Da ist der Wucher erst in den Wochen
Und der I. Geldkrieg steht noch bevor.
Corporations aren't people and money isn't speech.
Das Handgemenge in den Parlamenten, und mir
Bleibt, Worte zu wechseln, Großworte in kleine
*Was kriegst du heraus,*
ein Schweigegeld.

## *4 Wilderness*

Aus dem Mutterleib kommend, kotgesalbt
Kennst du die Sensationen tosenden Bluts
Das Pochen der dunklen Lagune, den geheimen Farn
Dieser Nehrung, sinnerregt. Näher
                                        kannst du dem Herzen
Nicht sein, Mitwisser schamloser Lust
Geängstet geborgen, im Uterusmeer.

Ausgetrieben, nackt
                          traumatisiert im All
Deiner Einzelheit: kannst du die Herkunft vergessen
Die Hoffnung, das Haff, fruchtwasservoll?
Ausgeburt, nun trinkst du die Lache
                                          Flugbenzin
Auf dem Airport Cape Town. Ich zeige dir

Einen Platz für Hochzeiten, entlegen, verborgen
Unter der Decke der Dünen, Salz und Gras
An der Mündung des Touws River, Eden-Distrikt
Wo sich die Meere mischen und alle Wesen
Von der Gischt
                      beleckt
                              bis zum mineralischen Grund.
O Vielzahl, Vielgestalt, die Wildnis der Ganzheit
In keiner Gewißheit geborgen, »ungestüm«
Kein Gesetz lehrt sie überleben
Und ich wittre wieder die Gier

Gemeinsamkeit,
                    *das Notwendige, ohne Zwang*
Unbändige Freiheit.

### 5 *Müde, Material der Macht zu sein*

Traumwandelnd auf den Mammutpfaden hinab zur Seine
Der Goldgrund der Utopien
                                    (: dort am PRINTEMPS)
Das war dein Auslauf vor der Mauer, Clochard
Mit der Ostmark. Es sterben auch andere Arten aus
Der Marschierende Mensch etc., diese in Gang
Gesetzte Gattung, die über den Laich geht …
                                                        *Continuez!*
*Es gibt nichts zu sehen*, bei dem Unfall, MARKTSCHOCK
Müde-
        geredet im Collège de France. Räum
Deine Höhle, Enzyklop mit dem google-runden Aug
Und verwandle dich
                        linienneu
                                    in einen Barbar

Im Basislager, Puerta del Sol. … Die Demonstrantin
Ließ sich aufs Pflaster nieder, »was bin ich müde«
(Wie gesagt), und dieser diffuse
                                        Moment löste
Das ganze Komplott der Erkenntnis aus
Am Kilometer Null der Empörung. Du hockst

In der Handbibliothek
der Unbehausten (Dschuang Dsi …
Zwischen Klappbetten und Kleiderständern, die Sofas
*Madrid du Wunderbare,*
der Wutbürger
eingenommen
Vom Prekariat. Das sleep-in der Vernunft der Ungeheuer
Ein Stehendes Meer, die Spanische See.

*6 Utøya Utopia*

Vier Skandinnen (Norwegen? Schweden?) in der U-Bahn
*Überirdisch* schön, sie biegen den jungen Leib
An den Haltegriffen gegen den Drive, du trinkst
Berauscht,
ohne erst die Augen abzuwischen, drei
Stationen (»des Glücks«), und sie entschwinden
Unwiderruflich an der Schönhauser

Die Felder abgeblühter Liebe
Blütenkrater, demente Gefühle.
Gleichgültigkeit
Du Königin der Nacht. Untergepflügt die Schauer
Gegessen Samen und Schweiß. Wohlgeordnet dein Chaos
Nach der Akteneinsicht, ein indischer Elefant
Bist du verkrochen im Unterholz.
Und das Begehren
Das den Boden spaltet

Der Amokläufer am Inselrand
Psychisch dereguliert, wie nur je ein Land
Mit »innerem Unglücksvorrat« und genug Munition
: *damit mich kein Mensch vergißt –*
Ich nehme die Waffe
Breivik, sie ist leer, alle Schüsse gefallen, die Massaker
Hiermit geschehn, alle Morde getätigt, die Rohheit
Restlos
aufgebraucht, hier in Utøya, ein Strand der Vernunft
Diktiere ich, eine Umarmung
Gewaltig, absurd wie ein neuer Krieg.

*7 Canto der Traumata*

Worte wie weg-
spritzende Körper von der Wand
Der Twin Towers, Worte wie action, die freie
Wahl des Todes auf dem schwindelfreien Bildschirm
Die Satz-
konstruktion zusammen-
rutschend im Schutt
Von Manhattan. Beiläufige Worte wie Bombenwürfe
Der vereinten Staaten

Und zugeschissen
sitzen, in der Brunnenburg
Er oder ich, nach diesem oder jenem Weltkrieg
Worte fischend im Restlicht der Verblendung
Ein Buchhalter oder Romancier der Ausrottung

Er hat das Sitzfleisch resp. den Sitzgeist
Worte wie Seife, wie Asche, Gasgeruch
Schmutzige Worte, Treue Vertrauen und Lebertran
Nie mehr atmen
                    mit freier Brust

Oder staugesteuert in der schmutzigen Bucht
Eleusis,
          Ölbäume und Mysterien, zugebaut
Überrannt von Raffinerien. Die Bäumchen, die Kulte
Haben die Arbeit eingestellt, dichtet Denegris:
Kaltblütiger Triumph. Verwüstete Worte wie
Menschenwerk oder rundheraus Mensch. O Gott Demeter
Das Korn verbrennt in Motoren. – Fahr zu, Idiot

### *8 Schattenwirtschaft*

Ein genialer Vogelruf gelb hingezackt ins Grau
Nach der Regennacht
                         riß uns vom Bett, und wir standen
Nackt in der rohen Frühe, ein Luftdepot, global
Atmete uns an, der weißblühende Schaum, Schlehen
Tropfnaß, und wir
                    *faßten Mut*
                              an der Ausgabestelle
LA VIE. Die Wiesen vor Lübars, moormäandernder Blick
Kommunismus: Natur
                         macht uns den Überfluß vor
*Jeder nach seinen Fähigkeiten / Jedem nach seinen*
    *Bedürfnisssen*

Mit ihrem beharrlichen Angebot
(ein Wahlbetrug)
Wolkendunst! Und die Schattenwirtschaft des Walds
Das fette Gras, der kommende Aufstand des Planktons
»Seht wie der Zug von Millionen«:
Makrelen und Krill

Mußt mir meine Erde
Doch lassen stehn
Ohne Befehl & Befall von *Bedeutung*, mein Brandherd
Ist handgemacht, sagtest du; ein paar (Hirnfort)-
Sätze mehr mußt du sagen in der Evolution
Mensch, als Mutter Natur diktiert. Und wir lagen wieder
Auf dem weißen Laken
*L'ébauche (das Beginnen), débouché (die Mündung):*
dein Leib

*9 Ein saturierter Satyr*

Ein saturierter Satyr
ausruhend auf seinen Hufen
Vor dem Supermarkt, lüstern
Nach einem Dasein in Menschengestalt
»Allein in jenem / Abzugskanal … am Nachmittag … in der Geschichte«

Was gibt es zu kosten
noch, von der Dummheit der Welt
Einverleibt sind die Schrecken, dein Brot schmeckt nach Schuld

Aus Asche gebacken, dein Geweide
Ein Bottich von Erfahrung, in Essig gelegt.

Das Erdbeben im Brustraum, Gelächter Gelichter
Hartz 4 Brocken 5 Sorge und Elend
Deutschland! / Der Staat bin nicht Ich
*Ihr glaubt doch nicht, daß euch das durchgeht*

Es gibt noch was an der Tafel, den Tod
Leicht zubereitet, »bekömmlich«
Auf dem Weg zu einer
niedersten
Fiktion!

Diese kleine Hand, die sich in deine
Schmiegt, Süße des Augenblicks … folge nun der Nachwelt
In deinem zugebundenen Sack
hüpfend wie sie.

*In einem Gedanken Wirklichkeit*
*Und Gerechtigkeit fassen.*
»Laßt einen Alten ruhen.«

*10 Weltall Atlantis*

In Marmor badend, Fischleichnam schlemmend
Ich Reise-Tui im Liegepfuhl geröstet
Mein Untergeist überfliegt ein Jahrhundert:
Die Früchte faulen, Vestibüle geflutet.

Der Teilzeitvertreib auf der Trümmerstätte
Nur Sand
          bucht noch
                    die Junior-Suiten

Lust, nicht Hoffnung! ziehn aus dem Rohstoff.
Wir Versinkenden in den Planquadraten, daheim
In Legoland in Medien,
                    stillen die Untergangssehnsucht
Warenflut, »Schicksal« (d. h. nicht handeln).
Liebe finden fürs Kommende, höchste Kunst.
Ich sage es, und indem ich es sage
Ist es mehr als ich weiß

Die Braut am Strand im weißen schwangeren Kleid
Daher weht der Wind, sist höchste Zeit
Der Mann stiernackig führt sie an der Hand
Das Jawort schreibt sie in den Sand –

Der Tarantel-Nebel, die Kinderstube der Sterne: da stehts
In der Großen Magellanschen Wolke
Im Sternbild Schwertfisch, die weltweite Lösung
Und aus den Innereien
                    der Materie
                              ziehn sie den Baustein
Higgs Boson, auf dem Protonen-Schießplatz
*Goddamn particle*, das gottlose Teilchen.

# Anhang: Zeitgeist 2

## DAS SCHWERE GEPÄCK IN DEN FLUGHÄFEN

Ich schaue die Koffer nicht an, die Möbelstücke
Monströse Taschen und Katafalke von Schminkkästen
Und das mürbe Handgepäck, wie es verstohlen verstaut wird
Die Gestalten verwittert, wie sie hereindrängen, müde
Lebensmüde Gesichter, ich schlage die Blicke nieder
Und will nicht wissen, wer mich begleitet (Bagage!
    Begierden!)
Bei der Himmelfahrt / das Kommando
Durch die Turbulenzen der Abendstimmung
*Legen Sie die Maske über Mund und Nase und atmen Sie*
    *normal*
Diese bewegliche, billigfliegende Gattung
Fluchten in den Containern von Emirates und Gulfair
Ich beanspruche meinen eigenen Tod
Berufe ihn nicht! meinen eigenen Angstschweiß
*Bleiben Sie angeschnallt und verhalten Sie sich ruhig*
In diesem mittleren Friedhof vorm Sinkflug ins Erdreich
(Beerdigungstourismus. Dauercamper in gestrandeten
    Boeings)
Mach dein Testament, reiserücktrittversichert
Nur die Hand neben mir halt ich, zweckloses Ritual
Lyrik vom Flugschreiber, Witze beim Whisky
Und die Ankunft im Stau im Luftraum Chicagos

2008

## DAS FÜTTERN DER FAHRZEUGE

Weil wir unsere Automobile
Mehr lieben als alles, werden sie versorgt
Mit dem Besten was wir haben. Unser täglich Brot
Verzehren wir achtlos, aber das gefräßige Fahrzeug
Verlangt schonende Kost, damit es anspringt. Und jede
Kleinigkeit, die seiner Erscheinung oder Funktion
Abbruch tut, ist gleich zu beheben
Jeder Husten des Motors, jeder Kratzer am Lack
Ist eine kleine Katastrophe. Aber ein Magenknurren
Ist menschlich und kein Maschinenschaden. Also
Speisen wir es mit Mais und Zuckerrohr
Und Korn von vier Kontinenten.
Seine ganzen Lebensumstände
Tankfüllung Ölstand Reifendruck
Sind Gegenstand unsrer Erregung, und das empfindliche
Ding muß nachts in die Garage, damit es lange lebt
Worauf man beim Menschen nicht Wert legt
Weshalb er nicht gewartet wird
Wie wir uns auch ungern anschnallen und lieber
Verrecken, als zu Fuß zu gehen, geschweige denn daß
Die unzähligen Hungernden, denen es nun
An Fladen und Krume fehlt
Unser Mitgefühl aufstacheln
Sondern wir fortfahren
In stolzen Karrossen.

2008

## DER KÖHLERGLAUBE

Das Grab des Ersten Kaisers
Errichtet von Siebenhunderttausend
Bleibt verschlossen. Sein unübertrefflicher Glanz
Überlassen unbegierigern Zeitaltern. Während wir
Die köstliche Kohle mit all ihren Künsten
Die wir nie lernen, weil uns kalt ist, zu
Asche verbrennen, dem Leitfossil
Unserer Tage.

1988

## DAS BESCHÄDIGTE PARLAMENT

Vor der Abstimmung über den Einsatz in Kundus
Den man ungefähr *kriegsähnlich* nennt
Zeigte eine Fraktion Zettel her
Mit den Namen getöteter Zivilisten. Diese
Vorlauten, Wortlosen wurden
Aus dem Saal gewiesen, weil die Würde
Des Hohen Hauses schwer beschädigt sei
*Ort verbaler, nicht plakativer Debatten.* Aber
Sind denn die Namen der Toten
Plakativ, und kommen die Reden zum Leben?
Soll nur von Todähnlichen, ungefähr Toten
Gesprochen werden oder
Fürchtet man, daß die namentlich Genannten
Zählen, wie gültige Stimmen
Obwohl sie tot und erledigt sind?

2010

## DECLARATION OF SHAME

Wir kämpfen nicht in Kobane, wir sterben nicht in Kobane
Wir sind wie nicht vorhanden, das ist unser Dasein
Wenn Kobane standhält, in der Dämmerung, einsam
Sind wir doch verwüstet
Und wenn es fällt, in einer taghellen Nacht
Wieviel schwerer wird es, uns neu zu gründen.

2014

# GESPRÄCH ÜBER DIE BÄUME IM GEZI-PARK

1
Es geht um ein paar Bäume
Schweigende, aufrechte Wesen wie wir
Also unberühmt, beliebig, leicht zu entfernen
Von ihrem angestammten Platz
Wo sie das Licht im Laubwerk sammeln
Eine grüne Lohe in der Glut des Zements
Ihre warmen Gewölbe der Mittage Wohnstatt.

2
Von Bäumen ist die Rede, lebendig
Und nichtswürdig, niederzuhauen
In einem kleinen Massaker am Morgen
Wie unsereins, eine Armada von Masten untergehnd
In Wasser, Willkür und Tränengas
Eine Statistik des Glücks, die keinen Samen streut
Eine geräutete Jahreszeit ohne Wiederkehr.

3
Von Bäumen also – und ein Mann bleibt stehen
Als werde er seiner verworrenen Füße inne
Als dächte er seiner einsamen Gangart nach
Pflanzt er sich
Auf den nassen Boden, als
Füllte er seinen Schatten mit einer festen Substanz
Sediment der Menge
Die verdampft.

4

Als fiele ihm das eigene
Dasein ein, eine rastlose, haltlose Sache
Der Mangel an Schlaf, an Geduld
An etwas Grundsätzlichem, Elementarem.
Die Bäume sind es, die ihn erinnern
An die Unnatur
Der verrotteten Rassen und Religionen
Die Unterwerfung seiner Atemzüge, die Unterdrückung
Seiner Begabung, Mensch zu sein!

5

Und die verträumten Rechnungen
Die Defizite, das Dulden, der ungemachte Tag.
Die nackten Alpen der Zukunft
Milliarden an den Wasserlöchern Arabiens, aber
Die Wasserwerfer verfügen über geheime Hydranten.
Die Elenden über die Meere bretternd!

6

Der dort ruhig auf der Straße steht
Ist erreichbar für das Unrecht. Unendlich
Müde, unendlich lange
Steht er, beschenkt
Mit Milch und Zitronen, die Augen zu waschen.
Ein Wald wächst aus seiner Seele.
Was für eine Zeit, wo
Ein Gespräch über Bäume alle Untaten einschließt.

2013

# INBESITZNAHME DER GROSSEN ROLLTREPPE DURCH DIE MEDELLÍNER SLUMBEWOHNER AM 27. DEZEMBER 2011

Ich höre, in der berüchtigten Stadt Medellín
Wo die unermeßliche Armut kilometerweit ausschwärt
Ließ der Bürgermeister in der unbetretbaren
Comuna 13
Eine gigantische Rolltreppe bauen für sage und schreibe
5 Millionen
Um dem fußgängerischen Pack da oben
In der dünnen Luft
Das Treppensteigen zu ersparen. Den 12 000
Hochgeborenen wurde ein Teppich ausgerollt
Auf ihren stinkenden Steilhang, die Hölle genannt
Aus unverrottbarem Stahl bis auf den Müllberg
Zu ihren Drunter- und Drüberkünften. So
Erreicht sie der technische Fortschritt
In ihrem Mangeldistrikt, den das Mehl und die Milch meid
Auch das Licht legt hier nur den Schatten ab, aber diese
Riesentreppe versteigt sich wie ein Bergbach, eine Silberad
Zu den Elenden. Ich seh sie

Behutsam auf die Stufe treten, mit der ganzen Sohle
Und staunend stillestehen
Weil diese Eisenleiter wortlos für sie bereitsteht
Und sich ihren Füßen anbequemt.
Von welchem Zauber immer getrieben
Setzt sie ihre leichten Leiber in Bewegung, zwischen nackt

Backsteinwänden über den Wellblechdächern, die mit Steinen
Beschwert sind. Unversehens
Mit tausend nicht getanen Schritten, in tödlicher
Ruhe, wie zur Schau gestellt auf dem selber laufenden
        Laufsteg
Gelangen sie ohne zu schwitzen
Ohne Atemnot, in die schwindelerregende Höhe von
        28 Stockwerken
Oder werden von dort herab katzenschnell
Vom Rand
Ins Zentrum getragen. Welche

Erhebung aus dem Dreck. Welch einfacher Tag
Scheint zu beginnen. Minuten ohne Verzweiflung
Momente ohne Mord. Die Weggeworfenen
Werden aufgerafft und befördert
Zwischen den Welten, Hölle und Himmel. Zurückgekehrt
Wie es heißt, in die Zivilisation, eingesogen
In den großen Kreislauf.
Die unvordenkliche Lösung
In keiner Stadt je gesehen, das Unvereinbare zu verbinden.
Welche Erfindungen müssen gemacht werden,
        Konstruktionen
Über den Felsenrücken der Bedrückung
Fahrstühle, Falltüren, um das Elend zu versenken
Fantastische Aufstände, Niederwerfungen
Allen Unrechts.

## DAS WOLFGANG HEISESCHE COLLEGIUM

Was für ein Qualm im Raum
Eine dubiose Gesellschaft
Starker Redner
Duldete er um sich: Renegaten
In den Regalen. Er würde sie nicht empfangen
Haben, aber nahm ihre Bücher auf. Wie seine Lungen
Der unverzichtbare Zug, verpestete er
Seine Gedanken. Mit dem nicht Sagbaren
Nicht einmal in seine Worte zu Fassenden
Damit es doch als *fremdes Denken*
Präsent war. Und höflich, in Erwartung
Der unbequemen Wahrheit
Hörte er zu.

1987

# SCHICKSAL DER SCHLENSTEDTSCHEN BIBLIOTHEK

Bücher wirft man nicht weg
War die stehende Redensart
Im Atrium bis an die Decke: *die Berge!*
Von Zeit und Rauch imprägniert, was das gekostet
Hat. Und dann der Tod, die Söhne beide
Schlugen das Erbe aus, einmal drin wohnen
Lebenslang reicht. Ein Antiquar
Staubte sie ab für beinahe nichts
Erwirb es, um es zu versetzen
Was ein Halbjahrhundert aufliest
Zerschreddert das nächste, *wer schreibt, handelt*
Und geht.

2013

## ANMERKUNGEN

Verlegung eines mittleren Reichs
Der Roman von Fries erschien 1984 in beiden deutschen unvorbereiteten Staaten.

Beim Wiederbetreten der Zickzackbrücke
2014. Das erstemal betrat der Verfasser die Neun-Biegungen-Brücke in Shanghai 1988; »sie war dem, politisch erschöpften, Reisenden Metapher für die Geschichte, *gut /für Überraschungen«*.

Chimerika, 6
*Baut Wang Shu ein Museum:* der avantgardistische und zugleich traditionsbewußte Architekt ließ dergestalt das Museum für zeitgenössische Kunst in Ningbo errichten.

Tweet
*Jeff Jarvis:* newyorker Journalist und sozialkritischer Blogger.
*Es bebt die Wallstreet:* während der Finanzkrise 2008.

Die Verantwortung
*Rede Jias:* Jia Pingwa, Schriftsteller und Essayist, lebt in Xi'an.
*Sun Wukong:* der mythische Affenkönig (im klassischen chinesischen Roman »Die Reise nach Westen«), ein Fabelwesen mit übernatürlichen Fähigkeiten, das den Himmel herausfordert.

Erfahrung
*Rede Lao Mas:* Literaturwissenschaftler und Erzähler. Die tatsächlichen Reden hielten Jia und Ma beim chinesisch-deutschen Schriftstellertreffen 2013 in Beijing.

Erwachen. Nach Lu Xun
Lu im Vorwort zu seiner ersten Sammlung kurzer Erzählungen, *Aufruf zum Kampf*, 1922: »Stelle dir ein fensterloses, vollkommen unzerstörbares Haus vor, in dem viele Menschen in tiefem Schlaf liegen, ohne zu ahnen, daß sie bald ersticken werden.«

Die Liebenden. Vor Dante
*In inniger Umarmung:* zwei Skelette, die im Jahr 2007 bei archäologischen Grabungen in der Nähe von Mantua gefunden wurden. *An jenem Abend:* vgl. Dante Alighieri, *Inferno*, V.

Vor den Ruinen
*Mr. President:* Bush jun. besuchte im März 2007 die an dem Tag menschenleere Ruinenstadt Uxmal in Yucatán, die danach rituell gereinigt wurde.

Kassensturz
*Ich sags auch mir zum Hohn:* vgl. Paul Flemings Gedicht *Er beklagt die Enderung und Furchtsamkeit itziger Deutschen*, 1631.

Diener zweier Herrn
Aus der Szene *Die Diener zweier Herren oder: Truffaldino in Tarento*, 2012. Die *schwarze Hundemaske* trug der Schauspieler Soleri, in der legendären Inszenierung Strehlers, nach fünfzig Jahren noch immer.

Das Elbtal
*Im Dufte schimmernd* sah Rietschel Dresden als Kind, etwa 1814. *Die dresdner Denkart* entwarf der Verf. vergeblich in der Rede zur 800-Jahrfeier der Stadt, 1996.

Todesstunde
: des Freundes Dieter Schlenstedt.

Telephos an Papenfuß
Der Schluß zitiert Papenfuß, *RUMBALOTTE CONTINUA*, Folge 1.

Totenfeier
Der genaue Umgang nach dem Tode ist einzig im Dorf Voúrvoulos auf Santorin Brauch; neun Beinhäuser beherbergen die Knochenkisten.

Der Verborgene
Courbets Gemälde *L'origine du monde* von 1866 war für viele Jahre versteckt hinter einer Winterlandschaft mit dem Château de Blonay.

Wilderness
entstanden Sommer 2012. Das Motto deutsch (von J. F. Pries, 1813): »Ein Dickigt von Gedüft: denn jugendlich / Scherzt' hier Natur, und spielte mädchenhaft / Nach ihren Launen, häufend Reiz auf Reiz / Noch Kunst noch Regeln folgend: endlos Glück.« *Unter der Sonne, die sich die Adern öffnet* und *am Hafenkanal Fiumicino:* Pasolini, *Una disperata vitalità*, 1964. *Ein Zündholz angerissen:* Pound, *Cantos*, CVI. *Corporations aren't people* skandierte die Citizens United gegen ein Urteil des US Supreme Court 2010. *Das Notwendige, ohne Zwang:* vgl. *Die hellen Haufen*, 2011. *Madrid du Wunderbare:* aus einem Lied Ernst Buschs im Spanischen Bürgerkrieg. *Allein in jenem / Abzugskanal:* Gullar, *Schmutziges Gedicht*, 1975. *In einem Gedanken Wirklichkeit und Gerechtigkeit:* bestimmte sich Yeats in der Nobelpreisrede, 1923. *Goddamn particle:* sein Nachweis gelang 2012 im Teilchenbeschleuniger des CERN.

Gespräch über die Bäume im Gezi-Park
*Und ein Mann bleibt stehen:* Erdem Gündüz am 18. Juni 2013 auf dem Taksim-Platz in Istanbul.

INHALT